JE SUiS LOUNa
et je n'ai peur de rien

Texte : Bertrand Gauthier   Illustrations : Gérard Frischeteau

QUÉBEC AMÉRIQUE jeunesse

Catalogage avant publication de Bibliothèque et Archives nationales du Québec et Bibliothèque et Archives Canada

Gauthier, Bertrand
Je suis Louna et je n'ai peur de rien
(Album ; 1)
Pour enfants.
ISBN-10 : 2-7644-0371-2
ISBN-13 : 978-2-7644-0371-6
I. Frischeteau, Gérard.   II. Titre.
PS8563.A847J44 2004   jC843'.54   C2004-940813-5
PS9563.A847J44 2004

Conseil des Arts
du Canada

Canada Council
for the Arts

SODEC
Québec

Nous reconnaissons l'aide financière du gouvernement du Canada par l'entremise du Programme d'aide au développement de l'industrie de l'édition (PADIÉ) pour nos activités d'édition.

Gouvernement du Québec – Programme de crédit d'impôt pour l'édition de livres – Gestion SODEC.

Les Éditions Québec Amérique bénéficient du programme de subvention globale du Conseil des Arts du Canada. Elles tiennent également à remercier la SODEC pour son appui financier.

Québec Amérique
329, rue de la Commune Ouest, 3e étage
Montréal (Québec) H2Y 2E1
Téléphone : 514-499-3000, télécopieur : 514-499-3010

Dépôt légal : 3e trimestre 2004
Bibliothèque nationale du Québec
Bibliothèque nationale du Canada

Révision linguistique : Diane Martin
Conception graphique : Karine Raymond
Réimpression : avril 2007

Imprimé à Singapour.
10 9 8 7 6 5 4 3   08 07

À Christel et à Carlito

Je suis Louna,
la petite Louna,
et j'aime bien rêver
que je n'ai peur de rien.

Quand je suis Louna,
la confiante Louna,
je flatte les chauves-souris
qui se cachent sous mon lit.

Quand je suis Louna,
la vaillante Louna,
je défie les pirates
d'attaquer ma frégate.

Quand je suis Louna,
l'indomptable Louna,
je joue à saute-mouton
avec une bande de lions.

Quand je suis Louna,

l'héroïque Louna,

je plonge dans l'étang

pour sauver un orang-outang.

Quand je suis Louna,
la combative Louna,
j'affronte les dragons
et les éteins pour de bon.

Quand je suis Louna,
la téméraire Louna,
je traverse les mers
à dos de sorcière.

Quand je suis Louna,
l'invincible Louna,
j'échappe aux taureaux
qui se ruent dans mon dos.

Quand je suis Louna,
la courageuse Louna,
je campe sur une île
encerclée de crocodiles.

Quand je suis Louna,
l'aventureuse Louna,
je cours les trésors
au pays des condors.

Quand je suis Louna,
l'intrépide Louna,
j'entre dans un bois
où les loups sont rois.

Quand je suis Louna,
la brave Louna,
je berce les ours polaires
et les endors pour l'hiver.

Quand je suis Louna,
l'audacieuse Louna,
je quitte la Terre
pour flotter dans l'Univers.

Je serai Louna,
la grande Louna,
et j'aime bien rêver
que je n'aurai peur de rien.